Franz Ulrich Roth

Blauländisch – Bayerische Geschichten

Erzählungen aus dem Diplomatenumfeld

Impressum
ISBN: 9783732283996
Alle Rechte liegen beim Autor.

Umschlagillustration:
Franz Ulrich Roth: „Im Zoo", Ölpastell, 2013

Innenillustrationen:
Bleistiftzeichnungen des Autors

Herstellung und Verlag: BoD - Books on Demand, Norderstedt 2013

Gewidmet meinen guten blauländischen Freunden
und deren Familien, mit denen ich so
angenehme Erlebnisse hatte.

Mein Dank gilt meiner Familie für die Unterstützung
bei Text – und Layoutfragen.

Inhalt

Mole und das Generalkonsulat

Es beginnt eigentlich ein bißchen, wie im Märchen. Es war in den Jahren 1977/78, da wurde in München ein Königlich Blauländisches Generalkonsulat errichtet. Der damalige Generalkonsul, namens Mole Digg , suchte einen Deutschen als Handelsdelegierten und inserierte in der Süddeutschen Zeitung. Ich war seinerzeit als Produktmanager bei einem internationalen Konzern in München beschäftigt. Als ich diese Stellenanzeige las, dachte ich mir, klingt ja ganz interessant.

Ich fragte meine Frau Ria: „Meinst Du, ob das was für mich wäre?" „Ich weiß nicht", sagte sie „Du bist ja bisher in einem großen Konzern und nun ein kleines Konsulat, noch dazu blauländisch und Du kannst ja gar kein Blauländisch." „Ach" ‚sagte ich, „ich war ja schon mal in Blauland als Student und habe dort als Trainee gearbeitet. Vielleicht sollte ich mich doch mal bewerben." Gesagt, getan. Und ich wurde in die engere Auswahl genommen und sollte mich vorstellen.

Als ich in der Maximilianstraße zur Vorstellung eintraf, wurde mir doch etwas schummerig. Ich kannte ja München sehr gut, aber dies war schon eine sehr vornehme Gegend. Also, ich klingelte und mir wurde von einer Sekretärin die Tür geöffnet.

Dann kam der Generalkonsul und mein erster Eindruck war, er sieht ja eigentlich gar nicht wie ein Blauländer aus, im Gegenteil eher ein bißchen südländisch, er musste bestimmt spanische oder südamerikanische Vorfahren haben. Das Vorstellungsgespräch war relativ kurz. Mole, wie ich ihn weiterhin nennen werde, fragte mich, was ich bisher getan hätte und ich erzählte ihm von meinen Tätigkeiten bei den verschiedenen Konzernen. Das schien ihm zu gefallen und er sagte: „Die Organisation im blauländischen Außenministerium ist auch nicht viel anders, als in den großen Konzernen."

Nun, zunächst musste ich noch eine Sicherheitsprüfung über mich ergehen lassen. Eine solche Überprüfung wird für jeden Lokalangestellten vom blauländischen Außenministerium durchgeführt. Die Sicherheitsprüfung dauerte einige Wochen, aber es ging gut und so konnte ich am 1. April 1978 meine neue Stellung als Blauländischer Handelsdelegierter beginnen.

Es war natürlich schon eine Umstellung, von einem Großkonzern in ein kleines Büro zu wechseln. Es gab ja nicht viele Mitarbeiter. Außer dem Generalkonsul war da eine Konsulin mit Namen Gerlind Hensen Bergram, ein Chauffeur und eine Sekretärin.

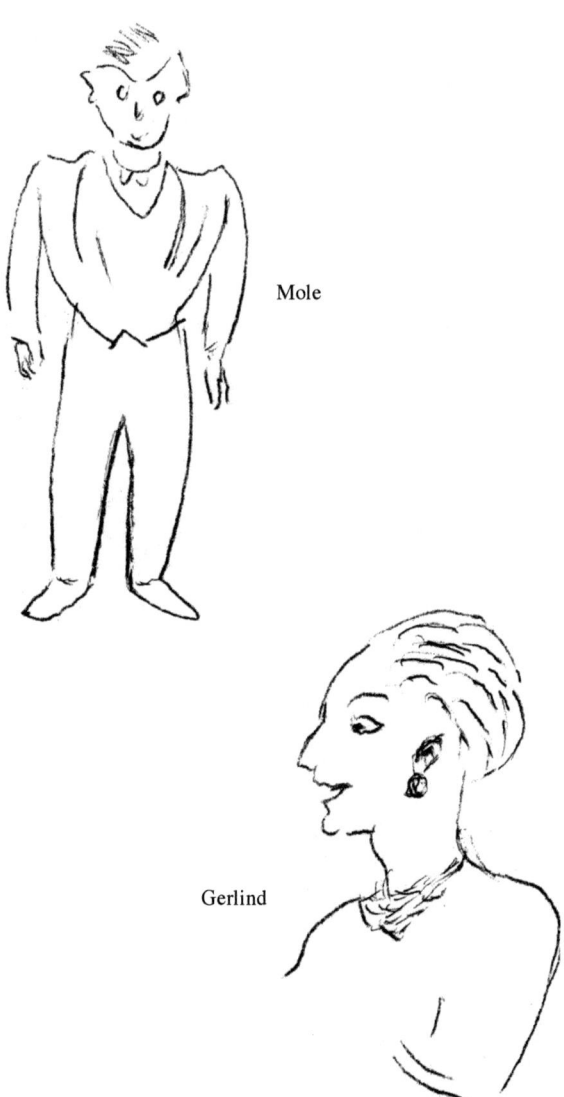

Mole

Gerlind

Das ganze Büro war sehr fein eingerichtet. Mein Zimmer war etwas klein, aber dafür hatte ich eine Strickleiter in einem Korb. Der Grund dafür: Es war unser Notausgang. Sollte nämlich der Haupteingang aus irgendwelchen Gründen nicht benutzbar sein, so schreibt das Außenministerium vor, dass z.b. im Falle eines Überfalls, ein zweiter Ausgang vorhanden sein muss. In unserem Falle war es die Strickleiter.

Anschließend an mein Zimmer kam ein großes Zimmer mit wertvollen Teakholz/Ledermöbeln, natürlich das Büro des Generalkonsuls. Anschließend ein kleines Zimmer für die Konsulin und ein Vorzimmer, wo die Sekretärin und der Chauffeur waren. Nach dem Vorzimmer mit der maschinengewehrgesicherten Stahltüre kam die sogenannte Schleuse für Visumkunden etc. und anschließend das WC. Die Stahltüre hatte eine Luke, um die Visumkunden zu bedienen, ohne ihnen Zutritt zum Konsulat zu geben. Die Stahltüre war natürlich keine Marotte des Generalkonsuls, sondern Teil der weltweit geltenden Sicherheitsvorschriften des bauländischen Außenministeriums.

Mole wohnte natürlich nicht im Konsulat, sondern in einer der vornehmsten Wohngegenden Münchens, in Harlaching. Dort befand sich seine ca. 200 qm große Residenz.

Er hatte auch eine Frau, genannt Evi und einen Jagdhund. Außerdem war in München auch seine Tochter Anny. Aber die wohnte in Schwabing und hatte keinen starken Kontakt zu ihren Eltern.

Weiterhin besaß Mole einen wunderschönen Flügel und einen silberfarbigen Jaguar, der auch als Dienstwagen benutzt wurde. Meines Wissens gab es zu der Zeit nur zwei Blauländer, die einen silberfarbigen Jaguar fuhren. Das war Axel Spangenberg, der Besitzer einer großen Immobilienfirma und Mole Digg in München. Zum Ausgleich fuhr unsere Konsulin Gerlind, eine liebe ältere Dame mit einem kleinen Buckel, einen Austin Mini.

Moles Flügel

Wirtschaftliche Aktivitäten

Nachdem die Visitenkarten gedruckt waren, konnte ich mit meiner Tätigkeit als Handelsdelegierter beginnen. Die Tätigkeit bestand hauptsächlich darin, die blauländisch-bayerischen Wirtschaftsbeziehungen zu fördern , wobei natürlich im Vordergrund die blauländischen Exporte nach Bayern standen.

Aber vorher begann noch eine ganz andere Geschichte. Ein Jahr zuvor, hatten zwei Betrüger einen blauländischen Baulöwen hereingelegt. Sie hatten ihm beim Golfspiel eingeredet, dass man in der Nähe des Waginger Sees 400 Ferienhäuser bauen könnte, wenn man das entsprechend große Grundstück, seinerzeit Grünland, für einen zweistelligen Millionenbetrag erwerben würde. Der blauländische Baulöwe ist darauf hereingefallen. Nachdem das Grundstücksgeschäft abgewickelt war, verschwanden die beiden Betrüger mit dem zweistelligen Millionenbetrag auf Nimmerwiedersehen. Das verkaufte Grünland wurde natürlich nie Bauland und so waren wir alle ziemlich beschäftigt mit der Suche nach den verschwundenen Millionen. Und mindestens einmal im Monat tauchte Herr Kanaan vom blauländischen Exportkreditrat bei uns auf, um sich nach dem Stand der Dinge zu erkundigen. Die Millionen und die Betrüger blieben jedoch verschwunden. Erst viele Jahre später wurden die beiden auf Mauritius entdeckt und nach

München gebracht. Von dem Geld war aber nicht mehr viel übrig.

Sonst liefen die Geschäfte aber ganz gut an. So gelang es, Dank der guten Beziehungen zu einem Vorstandsmitglied von Kraus-Maffei, ein großes Kompensationsgeschäft für die blauländische Industrie abzuschließen. Es lief darauf hinaus, dass das blauländische Verteidigungsministerium Leopardpanzer orderte, die man sowieso benötigte, und dafür die blauländische Industrie Produkte im Umfang von fast 400 Millionen Euro an Krauss-Maffei und andere deutsche Konzerne, die wiederum an Krauss-Maffei lieferten, zuliefern konnte. Ein Prozess, der sich natürlich über einige Jahre erstreckte.

Diese Kompensationsgeschäfte waren seiner Zeit sehr beliebt. Gott sei Dank, war die blauländische Industrie in der Lage, entsprechende Industriewaren zu liefern. Anders war es z.B. bei den Griechen, die hauptsächlich mit Wein kompensieren mussten. Sie konnten natürlich nur teilweise kompensieren, aber bei Krauss-Maffei und vielen deutschen Konzernen stapelte sich seinerzeit der griechische Wein in den Kellern.

Wir hatten aber auch viele kleinere Aktivitäten, wie z.B. eine blauländische Porzellanausstellung bei Haertle in München. Für diese Ausstellung wurde zur Eröffnung der seinerzeit beliebte Fernsehstar Robert Lembke gewonnen. Und zum Dank schenkte mir Herr Simoni, der Direktor der Porzellanmanfaktur einen Jahresteller, den ich heute noch habe.

Zur Eröffnung einer anderen Ausstellung mit blauländischen Möbeln und Einrichtungsgegenständen kam sogar der blauländische Botschafter Theo Ordenberg aus Bonn. Wir saßen im Deutschen Museum, wo die Eröffnung stattfand und die Eröffnungsrede hielt der seinerzeitige bayerische Innenminister Dr. Vorndran. Um besonders witzig zu sein, brachte er den Vergleich mit schwedischen Gardinen. Der Botschafter, neben dem ich saß, schaute etwas irritiert, weil er offenbar meinte, dass der Innenminister Blauland mit Schweden verwechselte. Erst als ich ihm zuflüsterte, dass man in Bayern mit schwedischen Gardinen auch ein Gefängnis meint, erkannte er das Wortspiel und seine Miene hellte sich wieder auf.

Theo und Frau

Ansonsten war Theo Ordenberg ein lieber und feiner Herr. Ich erinnere mich, einmal kam Theo zum Oktoberfest und wir hatten eine Menge Spaß, als er mit unserer alten Konsulin Gerlind ins Labyrinth ging und verschwunden war. Trotz längerer Suche tauchten die beiden nicht wieder auf und es wurden eine Menge Witze gemacht über den alten Botschafter und unsere alte Konsulin. Apropos Oktoberfest, für Mole war es immer eine besondere Sache. Es wurde nämlich arrangiert, dass er auf der Empore die Wiesnmusi dirigieren durfte und er bekam dazu einen Trachtenhut aufgesetzt.

Außerhalb der Wiesnzeit, hielt Mole seine geschäftlichen Besprechungen mit mir schon vormittags gerne in den Torggelstuben, wo auch gelegentlich gefeiert wurde, oder in den Pfälzer Weinstuben ab. Ich hatte mich auf den 5er eingeschossen, während Mole die vielen verschiedenen Weißweine gerne nacheinander durchprobierte. Aber auch die Bouillabaisse, ein feines Lokal neben „Hotel an der Oper" wurde ein beliebter Treffpunkt für unsere Besprechungen, die sich oft von mittags bis in den späten Nachmittag hinzogen.

Die Arbeit im Büro blieb natürlich liegen und ich musste sie dann nachholen, sodass es oft spät wurde. Da war der liebe Mole schon wieder unterwegs, um die Empfänge zu besuchen, die fast täglich aus unterschiedlichsten Anlässen stattfanden. Auch ich nahm gelegentlich daran teil. Man traf sich dann mit den Prominenten aus der Wirtschaft und der Politik und des Konsularcorps, unter denen Mole eine Menge Freunde hatte.

Unter seinen besonderen Freunden war der alpenländische Gesandte Wachauer, der auch einen Handelsdelegierten in München installiert hatte, allerdings einen Alpenländer. Anschließend an die Empfänge besuchten Mole und der Gesandte gerne Harrys New York Bar und dort wurde es dann meistens noch später. Dort konnte es auch passieren, dass einer von den beiden etwas liegen ließ, denn eines Tages kam Mole ganz aufgeregt zu mir und beauftragte mich, in Harrys New York Bar Wachauers Tasche abzuholen mit all seinen Papieren und seinem Portemonnaie.

Dann beschlossen die beiden, nach Arizona zu reisen, sozusagen ein Herrenausflug nach Amerika. Viel Arbeit war mit der Vorbereitung der Reise verbunden. Als ich Mole die US-Einreiseformulare vorlegte, hatte er sich richtig aufgeregt über diese vielen zum Teil intimen Fragen. Er sei doch ein blauländischer Generalkonsul und man könne ihn doch nicht so behandeln, wie jeden anderen. Nach verschiedenen Interventionen beim amerikanischen Generalkonsul in München, gelang es schließlich, die Sache für Mole und Wachauer etwas zu vereinfachen.

Anschließend wurde ich zu einem mehrwöchigen Kurs, an dem alle blauländischen Handelsdelegierten aus der ganzen Welt teilnahmen, ins blauländische Außenministerium geschickt.

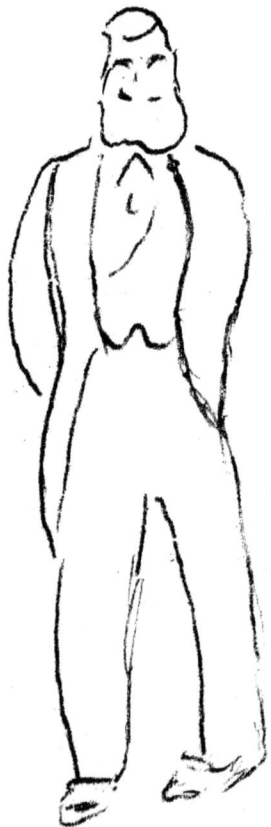

Wachauer

Mädchen für alles

Man merkt schon, dass ich nicht nur für Handel zuständig war, sondern häufig auch als eine Art Privatsekretär beschäftigt wurde. So konnte es schon mal vorkommen, dass sich der liebe Mole bei Ninetti in der Maximilianstraße ein Paar italienische Schuhe aussuchte, mit schönen langen Laschen und sehr modisch, die Schuhe aber nicht mitnahm, sondern mich beauftragte, die Schühchen bei Ninetti abzuholen.

Auch mit seiner Tochter Anny gab es einige Arbeit. Leider war sie nierenkrank und brauchte eine ganze Menge von Medikamenten, die regelmäßig mit einer großen Klinik am Starnberger See abgerechnet werden mußten. Natürlich mein Job. Anny Digg hatte eigentlich keinen Kontakt zu ihrem Vater. Vielleicht lag es daran, dass er sehr streng war. Aber ich muss sagen, dass er sich sehr viel um sie gekümmert hat, wobei der Kontakt entweder über die Konsulin Gerlind oder über mich ging.

Streng war auch Mole mit den Mitarbeitern, Frau Bergram, dem Chauffeur und der Sekretärin. Und ich kann mich auch erinnern, dass sich eines Tages die Sekretärin in einem Wutanfall auf den Boden geworfen hatte und in Schreikrämpfe ausgebrochen war. Auch der Chauffeur wurde streng behandelt. Er musste manchmal nachts auch bei Frost im Auto warten, um sofort parat zu sein, wenn der Herr Generalkonsul von einem Empfang kam.

Ich muss sagen, mich hat er eigentlich immer relativ respektvoll behandelt, weil er wußte, dass ich seine Aufträge zu seiner Zufriedenheit erledigen würde. Auch zu sich selbst war er streng und diszipliniert. Selbst wenn er sehr viel getrunken hatte, behielt er die Contenance und kaum einer merkte, dass er voll war. Doch, meine Frau Ria merkte es, wenn er plaudernd vor ihr stand und so leicht mit den Zehen auf und ab wippte, sagte sie zu mir später: „Du, der Mole war doch gestern wieder total blau."

Vielleicht hing diese Diszipliniertheit, die er auch von anderen verlangte, damit zusammen, dass er ein hervorragender Klavierspieler war, was man nur mit sehr viel Selbstdisziplin und Übung werden kann. Dies erklärt vielleicht auch, dass er in Kleinigkeiten äußerst genau war. So mussten zum Beispiel die Bücher in der Bibliothek immer ganz gerade stehen, kein Buch durfte hervorragen. Der Trick: Wir haben die Bücher immer mit einem Lineal gerade gezogen, sodass eine ganz glatte Bücherwand entstand. Auch das berühmte „Tischdeckenwerfen" habe ich bei ihm gelernt. Das ging so: Wenn wir eine Veranstaltung mit z.B. 20 Gästen im Büro hatten, wurde in seinem großen Zimmer eine Reihe von Tischen aufgebaut. Diese Tische mussten erst mit Filzdecken belegt werden, um eine rutschfeste Unterlage für die eigentliche Riesentischdecke zu geben. Nun war aber die aufgestellte Tischreihe oft mehrere Meter lang und die Frage war, wie plaziert man eine Tischdecke so, dass kein Fältchen zu sehen ist. Die Lösung wußte Mole. Er stand an einem Ende der Tischreihe und ich am anderen Ende und jeder hielt einen Teil der Riesentischdecke in der Hand. Nun warfen wir die Decke hoch und ließen sie langsam auf die Filzunterlage sinken. Dies wurde so oft wiederholt, bis Mole mit dem Ergebnis zufrieden war.

Empfänge und Abschied

Etwas besonderes waren die Empfänge zum Nationalfeiertag in der Residenz in Harlaching. Für Mole, als glühenden Anhänger der blauländischen Königin, war es eine Selbstverständlichkeit, diesen Nationaltagsempfang immer auf den Geburtstag der Königin zu legen oder so nah daran wie möglich. In der Residenz wurde schon Tage vorher alles für den Empfang von etwa 200 geladenen Gästen vorbereitet.

Am Tag des Empfangs war dann alles perfekt. Angefangen von der Garderobe, den Drinks, den Häppchen bis hin zum Bedienungspersonal und zur Polizei, die für den Schutz der vielen Prominenten organisiert werden musste und außen vor der Residenz und in den Büschen Posten genommen hatte. So gegen 19.00 Uhr kamen dann die Gäste, Gott sei Dank, nicht alle gleichzeitig, aber doch relativ gehäuft. Sie wurden dann zum Herrn Generalkonsul und seiner Frau geleitet, um ihnen ihre Glückwünsche für die Königin zu überbringen. Manche der Gäste hatten auch kleine Geschenke für die Königin mitgebracht. Unter den vielen Prominenten befand sich oft der Ministerpräsident selbst oder mindestens ein Staatsminister, meistens der Wirtschaftsminister Jaumann, zu dem wir eine besonders gute Beziehung hatten.

Empfang zum Nationaltag

Das konsularische Korps durfte natürlich auch nicht fehlen, u.a. Moles guter Freund, der Honorarkonsul Manke von der Manke Film GmbH. Nicht fehlen durfte auch der Gesellschaftskolumnist Micky Spekulier, der immer dafür sorgte, dass entsprechende Artikel mit Fotos in den Münchner Tageszeitungen erschienen. So gegen 21.00 Uhr leerte sich langsam die Residenz. Aber das war nicht das Ende, ein harter Kern blieb meistens noch bis nach Mitternacht und dann setzte sich Mole ans Klavier und fing an zu spielen. Ich konnte fast nicht mehr stehen, aber musste so lange ausharren, bis der letzte gegangen war. Ich erinnere mich einmal, wir waren gerade nach Otterfing umgezogen, wartete meine Frau Ria bis halb Drei Uhr morgens, bis ich auftauchte.

In den nächsten Tagen nach diesen Empfängen wurde natürlich nachtarockt und es wurden alle Presseartikel gesammelt, die dann zusammen mit der Gästeliste und einem eigenen Bericht an das Außenministerium geschickt wurden, um zu belegen, dass es wieder einmal ein gelungener Nationaltagsempfang war.

Nach diesen Empfängen nahm ich es immer ziemlich locker. Ich hatte zwar immer was zu erledigen, aber ich nahm mir dafür sehr viel Zeit. So saß ich gerne in der Kulisse, dem kleinen Cafe neben den Kammerspielen auf dem Barhocker für einige Cappucini und einige Zigaretten und ein Pläuschchen mit dem Inhaber. Es war immer sehr gemütlich dort, wie ja überhaupt die Geschäftsleute der Maximilianstraße eigentlich eine große Familie waren, besonders natürlich, wenn es um ein gemeinsames Interesse ging.

Ich hatte mein Konto bei der Deutschen Bank Filiale in der Maximilianstraße und es war schon lustig, wenn man dort am Schalter stand und plötzlich ein bekannter Schauspieler, wie z.b. Mario Adorf, mit einer Riesen - Sonnenbrille „verkleidet", auftauchte.

Inzwischen hatte ich ganz gut blauländisch gelernt und ich glaube es gab in Bayern nur ganz wenige, die sowohl gut bayerisch als auch gut blauländisch sprachen. Doch, einen kannte ich gut, es war der Sohn des früheren blauländischen Honorarkonsuls, des bekannten Blaulandforschers Heumann. Der junge Heumann – eine Seltenheit – war nämlich als Blauländer mit einer Niederbayerin verheiratet und hatte sich perfekt den niederbayerischen Dialekt angeeignet. So machten wir uns einen Spaß daraus, in Gegenwart von Blauländern plötzlich vom Blauländischen in ein ganz gschertes Bayerisch zu wechseln. Die Gesichter der Blauländer, obwohl sie teilweise auch deutsch sprachen, hätte man fotografieren sollen.

Micky Spekulier

Natürlich gab es noch viele andere Handelsdelegierte oder, wie man auch sagt, Handelsattachés oder Wirtschaftsattachés in München. Fast jedes Land mit einem Generalkonsulat hatte so einen. Und so lag es nahe, dass wir uns zusammenschlossen. Wir gründeten am 2. April 1982 im Restaurant der Münchner Messe also einen Wirtschaftsattaché-Club, kurz WAC genannt, und wählten unseren israelischen Kollegen zum Präsidenten bis September 1983. Im Vordergrund der Aktivitäten standen Treffen mit wichtigen Politikern und Wirtschaftsleuten sowie Firmenbesichtigungen.

So langsam ging Moles Zeit in München zu Ende, denn nach einer Regel des Außenministeriums, muss jeder Generalkonsul spätestens nach 6 Jahren wechseln. Mole sollte nach kurzem Aufenthalt in Blauland nach Singapur.

Nun kam die Sache mit dem Flügel. Wie soll dieses riesige Musikinstrument von Harlaching in die Tropen nach Singapur transportiert werden? Natürlich hatte der liebe Mole mich damit beauftragt, den reibungslosen Transport zu organisieren. Dieser Flügel hat mich noch wahnsinnig beschäftigt. Nachdem ich fast alle großen Speditionen abgeklappert hatte, fand ich endlich einen Spezialspediteur, der Moles große Ansprüche nach Sicherheit, Temperatur- und Feuchtigkeitsbeständigkeit etc. erfüllte. Wie er mir später erzählte, war alles gut gegangen und er spielte in Singapur genau so begeistert wie in München.

Ein Neuer aus Nordblauland mit Dacky

Nachdem Mole, Evi, der Hund und der silberfarbige Jaguar abgereist waren, traf sein Nachfolger ein. Christian Paul Anders stammte aus Nordblauland und war ein ganz anderer Typ.

Um den Charakterunterschied klar zu machen, muss ich kurz die WC-Geschichte erzählen: Das WC war ja vom Büro durch die Sicherheitstüre und Schleuse getrennt. Das heißt, wenn jemand vom Büro auf die Toilette wollte, musste eigentlich die Schleuse geräumt werden, egal ob 5 oder 10 Personen dort warteten. Bei Mole ging es ruck zuck, mehrmals am Tag mussten die Besucher die Schleuse verlassen und mussten vor der Eingangstüre warten, bis Mole fertig war. Paul verhielt sich völlig anders , er wartete meistens geduldig ab, bis die Schleuse einmal leer war und ging dann auf die Toilette, wie wir andern das eigentlich auch machten.

Paul war viel bescheidener, die Residenz in Harlaching war ihm eigentlich auch zu groß. Am liebsten hielt er sich mit seiner Frau Grete, wie er mir einmal erzählte, in der Küche auf. Seine beiden hübschen Töchter, Annemie und Greta, kamen gelegentlich zu Besuch, wohnten aber nach wie vor in Nordblaulands Hauptstadt und besuchten dort noch die Schule.

Paul

Grete

Paul hatte auch einen Hund mitgebracht, eine Kurzhaardackelin, namens Dacky. Dacky war ein Original, sie durfte immer mit ins Konsulat und wenn Paul mit Dacky kam, brachte er immer ein Kissen mit, das in seinem großen Büro ausgebreitet wurde. Aber Dacky legte sich nicht auf das Kissen, sondern verschwand mit einer besonderen Wühltechnik im Kissen und gelegentlich schaute nur noch die Schnauze heraus. Jeden Vormittag, so gegen halb elf, gab es eine Runde Leibnitz-Keks für Dacky, Paul und mich, wobei Dacky immer zuerst dran war. Mehrmals am Tag musste Dacky auf der Maximilianstraße ausgeführt werden, um bestimmte Geschäfte zu erledigen. Das erledigte aber Paul immer selbst, inklusive der Beseitigung des Geschäfts.

Jetzt war auch die Zeit für Gerlind gekommen. Sie war über 40 Jahre im Dienst des blauländischen Außenministeriums und sollte pensioniert werden. Aber vorher erhielt sie noch den Ritterorden. Eine lustige Vorstellung, wie eine kleine, etwas bucklige alte Dame zum Ritter geschlagen wird. Gerlinds Nachfolger war Gerd Jawoll, der mit seiner Frau Carmen und den zwei Töchtern Nana und Nina nach München kam.

Dacky

Beim Keksempfang

Reisen, Besuche, Empfänge

Geschäftlich waren wir jetzt auch außerhalb Münchens öfters unterwegs, denn Paul fuhr gerne Zug und wollte mehr von Bayern sehen. So besuchten wir häufig die Messen in Nürnberg und die Empfänge der Industrie- und Handelskammer in Augsburg.

Es war auch die Zeit, als MAN die renommierte blauländische Schiffswerft Halle & Halle übernehmen wollte. Allerdings wollte MAN nur das Dieselmotorgeschäft von H & H übernehmen, der Rest sollte anderweitig verkauft werden. Dies führte zu Problemen mit der blauländischen Belegschaft und der blauländischen Presse und so wurden unsere Kontakte zu MAN dringend gebraucht. So besuchten wir öfters den Vorstandsvorsitzenden von MAN im obersten Stock seines Hochhauses in Augsburg, mit einem überwältigenden Ausblick über Schwaben. Aber trotz dieser hochrangigen Gespräche mit der MAN-Spitze, ließ es sich Paul nicht nehmen, mir nachher ein Bierchen am Augsburger Hauptbahnhof zu spendieren.

Gerd Jawoll

Paul im Zug

Inzwischen hatte auch der Botschafter in Bonn gewechselt, Theo Ordenberg wurde Botschafter in Oslo, ein schöner Platz für verdiente Leute, die kurz vor der Pension stehen. Sein Nachfolger war Dr. Lang, früher Botschafter in Paris, ein großgewachsener, eleganter Herr, immer im Nadelstreifenanzug. Der Botschafter besuchte uns des öfteren mit seiner Frau und wir mussten für die beiden immer ein Programm machen. Einmal geschah das ganz plötzlich und wir wußten nicht so recht, was wir tun sollten. Da fiel mir ein, dass wir gute Kontakte zu ESO, European Southern Observatory hatten, deren Chefastronom, Dr. Rolf Westhausen, ein Blauländer war. Und so kam es, dass wir mit Herrn und Frau Lang nach Garching fuhren und uns von Dr. Westhausen und seinen Mitarbeitern den südlichen Sternenhimmel erklären ließen.

Einer der wichtigsten Empfänge war allerdings immer der Jahresempfang der Industrie- und Handelskammer. Alles, was Rang und Namen in der Wirtschaft hatte, war dort vertreten. Und natürlich auch immer der bayerische Ministerpräsident Franz Josef Strauß. Es lief immer nach demselben Muster ab. Während die ca. 500 Prominenten aus der Wirtschaft eintrafen, stand Strauß mit einem Bierglas in der Hand etwas abseits und unterhielt sich mit Prof. Rodenstock, dem seinerzeitigen Präsidenten der IHK. Anschließend gab es ein Defilee, Strauß hatte sich plaziert und alle gingen nacheinander zu ihm hin, um ihn zu begrüßen.

Strauß kannte alle, er hatte ein erstaunliches Gedächtnis. So sagte er zu mir beim zweitenmal, nachdem ich mich vor einem Jahr bei ihm vorgestellt hatte: „Sie san doch vom blauländischen Konsulat". Das war das Erstaunliche bei Strauß, er kannte unwahrscheinlich viele Menschen und vergaß auch nie das kleinste Detail über diese Menschen. So prägte sich auch die seinerzeitige politische Landschaft, die sehr stark von persönlichen Beziehungen geprägt war.

Nachdem das Defilee vorbei war, postierte sich Strauß und hielt seine Rede. Und solche Reden konnten dauern. Da konnte es schon sein, dass der eine oder andere schwach wurde. So stand ich einmal neben dem Wirtschaftsminister Jaumann und dem Honorarkonsul und Baulöwen Reubel. Plötzlich fiel der kleine Reubel, der schon über 70 war, um. Schnell reagierte Jaumann und ich half ihm, Reubel wieder auf die Füße zu stellen. Nach einigen Sekunden und einem Glas Wasser ging es ihm wieder besser. „Es war wohl der Kreislauf," meinte Reubel und verließ aber dann doch die Veranstaltung.

Um Strauß nochmal zu charakterisieren, eine kleine Anekdote. Eines Sonntags waren meine Frau Ria und ich auf der Neureuth überm Tegernsee und wir gingen am späten Vormittag wieder runter. Auf halbem Wege, keuchte es plötzlich durchs Unterholz, mit hochrotem Kopf und offenen, kurzärmligen weissen Hemd stand plötzlich Strauß vor uns, ein paar Meter hinter ihm, seine Frau Marianne. Weit und breit waren keine Bodygards in Sicht. Wir grüßten, er grüßte zurück und fragte dann: „San vui Leid om?" Als ich das bestätigte, sagte er: „ Ah, dann machma a Abkürzung. I muos um zwoa eh in München sei, dann kummt da Kinäs." Was er meinte war, er musste um 2.00 Uhr den chinesischen Ministerpräsidenten zu dessen Staatsbesuch in Bayern empfangen.

Lustige Ereignisse

Im Konsulat selbst hatten wir viele Aktivitäten, besonders mit dem bayerischen Handelsvertreterverband und mit dem Einkäuferclub München und mit den sogenannten Kontakttreffen, die besonders viel Arbeitsaufwand erforderten.

Aber auch privat trafen wir uns öfter. So besuchte uns Paul , Grete und Dacky einmal in Otterfing, wo wir eine Art Bauernhaus mit einem großen Grundstück am Wald hatten. Paul beschloss, Dacky frei laufen zu lassen, aber wie der Blitz, war Dacky plötzlich im Wald verschwunden. Ria und ich waren ganz aufgeregt und wollten hinterher. Aber Paul und Grete blieben ganz ruhig und Paul sagte: „Dacky kommt ganz bestimmt bald wieder". „Aber sie kennt sich doch hier nicht aus und im Wald gibt es viele Rehe und wenn sie hinter den Rehen her ist, findet sie vielleicht nicht zurück", befürchteten wir. „Doch Franz" ,sagte Grete zu mir, „Dacky kommt bestimmt bald zurück". Wir waren völlig überrascht, wie ruhig die beiden waren. Aber tatsächlich, nach etwa einer viertel Stunde tauchte Dacky am Waldrand wieder auf und legte die Strecke zu Paul und Grete im Schweinsgalopp zurück und wurde von uns allen mit großem Hallo empfangen.

Dacky im Galopp

Dacky zurück

Ein anderes mal an einem Sonntag, es war die Zeitumstellung, wollten wir uns in Rottach zum Essen treffen, so gegen 13.00 Uhr. Ria und ich waren etwas früher dran und machten in Tegernsee, beim ehemaligen Cafe Machet, wo wir uns ja kennengelernt hatten, Station. Plötzlich brauste mit großem Tempo ein weißer Mercedes mit Diplomatenkennzeichen an uns vorbei Richtung Rottach. „Die sind aber früh dran", sagte ich zu Ria: "komm, wir fahren ihnen nach". Im Lokal in Rottach trafen wir uns dann und waren alle eine halbe Stunde zu früh. Jetzt klärte sich alles auf, Gerd und Paul hatten einfach vergessen, ihre Uhren zurückzustellen, sodass sie meinten, sie wären eine halbe Stunde zu spät. Das Essen wurde trotzdem recht lustig.

Paul war ja ein ruhiger und bedächtiger Nordblauländer, aber wenn es sein musste, konnte er schnell handeln, auch in Personalsachen. Wir hatten einmal eine Korrespondentin aus Blauland bekommen, wo sich bald herausstellte, dass sie eigentlich Kommunistin war. Es verging einige Zeit, aber plötzlich fing sie an, bewusst, merkwürdige Dinge zu schreiben. In einem Brief an unsere Anwaltskanzlei Glock schrieb sie z.B. Anwaltskanzlei Klick , zu Händen Herrn Klack. Das hat sich Paul nicht lange angesehen und bald war sie wieder zu Hause in Blauland.

Auch unser Chauffeur, den Paul aus Mitleid eingestellt hatte, er war als Kriegskind einige Zeit in Blauland in einem Flüchtlingslager, musste wieder gekündigt werden, weil er immer wieder Briefe, die er zur Post bringen sollte, unterwegs verlor. Wir hatten uns schon gewundert, dass einige Firmen auf unsere Angebote nicht mehr antworteten, bis wir eines Tages einige unserer Briefe auf der Maximilianstraße fanden.

Eines Tages erwarteten wir königlichen Besuch. Nicht direkt, aber indirekt. Es war nämlich so, das Earl Monty, der Ehemann der Königin, vom Fürsten Thurn und Taxis zur Jagd in Regensburg eingeladen war. Das heißt, er landete auf dem Flughafen München und musste von Paul in der VIP-Lounge empfangen und begrüßt werden. Anschließend sollte der Chauffeur des Fürsten, Earl Monty abholen und nach Regensburg fahren. Und auf der Rückfahrt dieselbe Prozedur, der Earl musste wiederum von Paul in der VIP-Lounge begrüßt und verabschiedet werden. Wie wir hörten, ging die Jagd gut, wir wissen nicht, was alles geschossen wurde, aber mit Sicherheit wurde gut gegessen und getrunken. Bei der Verabschiedung hatte der Earl Paul allerdings erzählt, dass es ihm bei der Hinfahrt ziemlich unheimlich wurde, als ihn der Fahrer des Fürsten stundenlang durch Bayerns dunkle Wälder karrte. Da habe er schon den Gedanken an eine Entführung gehabt.

Dann wurde Paul Doyen, das heißt, er wurde Sprecher des Diplomatischen Corps in München. Doyen wird immer der an einem Ort dienstälteste Generalkonsul.

Die Hauptaufgabe war es, bei den Empfängen, besonders beim Neujahrsempfang des Ministerpräsidenten für das Diplomatische Corps eine Rede zu halten. Paul war durch seine etwas zurückhaltende, aber doch effektive Art, ein sehr erfolgreicher Doyen. Er fiel sozusagen inmitten der vielen Wichtigtuer und Adabeis sehr positiv auf. Dafür erhielt er auch den bayerischen Verdienstorden. Jahre später, selbst als er schon pensioniert war, gratulierte ihm die bayerische Staatskanzlei zu seinen runden Geburtstagen. Ich weiß es deshalb, weil die Staatskanzlei immer im Büro anrief, um sich zu vergewissern, dass seine Adresse noch stimmte.

Ich muss noch die Geschichte mit der Dame und der blauländischen Fahne erzählen. Aus Anlass einer großen Präsentation von blauländischen Lebensmitteln im Hotel Vier Jahreszeiten, Cherubinsaal 1 und 2, hatten wir die blauländische und bayerische Fahne an der Frontseite des Hotels aufziehen lassen. Wir waren mit dem Kontakttreffen zu beschäftigt, um zu bemerken, dass es langsam Nacht wurde und die Fahne rein musste. Die Blauländer haben nämlich den Aberglauben, dass die Fahne nicht über Nacht hängen darf, weil dies sonst Unglück bringt. Irgendeiner hat es dann doch gemerkt, dass die Fahne noch nicht eingeholt war. Plötzlich war Eile geboten. Aber leider, das Zimmer mit Zugang zur Fahne war inzwischen von einer Dame besetzt, die auf unser Bitten jedoch nicht die Tür öffnete. Erst als sich die Hotelleitung einschaltete, gelang es uns, die Fahne vor der totalen Dunkelheit zu retten.

Eines Tages besuchte uns im Generalkonsulat Ernst Mayers, der Sohn des Multimillionärs und Schiffsreeders Mayers. Er wollte in den Münchner Hotelmarkt investieren. Er hatte besonders das heutige Mandarin Oriental Munich im Auge, aber auch ein anderes Hotel wäre ihm recht, wie er sagte. Wir sondierten den Markt und Ernst Mayers kam noch sehr oft nach München und gelegentlich auch mit Magnum-Flaschen Champagner. Das wurde dann Paul doch zu viel, denn es war ja nicht unsere Aufgabe, blauländische Investitionen in München zu fördern, sondern umgekehrt. Deshalb wurde Mayers mit einem Architekten verkuppelt, der für ihn weiter den Markt sondierte. Leider waren sie dann doch etwas zu langsam, denn das seinerzeitige Hotel Raffael wurde ihnen von einer anderen Gruppe weggeschnappt und aus den anderen Hotels ist auch nichts geworden. Später konzentrierte sich der junge Mayers auf andere Länder, wobei offenbar auch blauländische Steuergelder versickert sind und Mayers landete- wie ich später hörte- für kurze Zeit im Gefängnis.

Paul hatte als Königstreuer ebenfalls den Königingeburtstag als Nationaltagsempfang beibehalten. Strauß war inzwischen verstorben und sein Nachfolger, Alfons Goppel, wurde ein treuer Besucher unserer Empfänge, die sich jetzt allerdings wesentlich kürzer gestalteten, als zu Moles Zeiten.

Nach wie vor allerdings, war der japanische Generalkonsul immer der erste. Meist war er schon mindestens eine viertel Stunde vor dem Empfang da und spazierte auf dem Seitenweg der Hochleite im Gebüsch auf und ab, während vor der Residenz die Polizei mit ihren Maschinenpistolen postiert war. Natürlich wußten sie, dass die Person in den Büschen kein Attentäter, sondern der japanische Generalkonsul war.

Ich wurde inzwischen im Oktober 1987 als Vizepräsident des Wirtschaftsattachéclubs gewählt. Und zu der Zeit hatten wir, anlässlich des 5- jährigen Bestehens des Clubs in Zusammenarbeit mit dem Wirtschaftsministerium eine Büchlein herausgebracht, in dem alle in München vertretenen Länder und ihre Attachés präsentiert wurden.

Leider näherte sich jetzt auch die Zeit des Abschieds von den beiden sympathischen Nordblauländern und wir waren sehr gespannt, wer Nachfolger von Christian Paul Anders würde. Paul hatte uns informiert, dass sein Nachfolger von der Handelsabteilung der blauländischen Botschaft in einem orientalischen Land komme und Dune Bakke hiesse. Nach dem Abschiedsempfang von Paul im Hotel Conti kam also Dune Bakke. Mein erster Eindruck war, das ist ein Mann, der ein großes Rad drehen will und leider sollte sich dies bewahrheiten.

Das Generalkonsulat wird aufgeblasen

Offenbar vom Orient beeinflusst, war ihm in München alles zu klein. Das schicke Büro in der Maximilianstraße war zu klein, die Residenz in Harlaching, obwohl über 200 qm groß, war zu klein und die personelle Besetzung in der Maximilianstraße war auch zu gering.

Und es wurde alles in Angriff genommen, was er wünschte. Woher allerdings das Geld kommen sollte, war mir schleierhaft. Offenbar war die alte Garde im Außenministerium teilweise von einer neuen Seilschaft abgelöst worden, die die Budgets für München stark erhöht hatte. Gleichzeitig hatte ja auch in Bonn ein Botschafterwechsel stattgefunden. Der Botschafter Dr. Lang wurde von Herrn Plum abgelöst. Alles stand unter der Überschrift: nun ändern sich die Zeiten.

Zunächst wurde Personal eingestellt, eine Export-assistenten, Sally Olde, und eine Mitarbeiterin für den Konsularbereich, Susa Truup. Dann musste die Residenz in Harlaching gekündigt werden und ein großes Haus in bester Lage gefunden werden. Dies gelang schließlich mit einer Villa in Grünwald, auf ca. 2000 qm Grund, die auch Dune Bakke zusagte. Dann musste ein neues Büro gefunden und das Büro in der Maximilianstraße gekündigt werden. Auch dies gelang mit einem großen

Büro im vierten Stock eines Hauses in Schwabing.

Schon ein halbes Jahr, nachdem Dune Bakke in München gelandet war, fand im April 1988 der Umzug von der Maximilianstraße nach Schwabing statt. Inzwischen war auch die Familie von Bakke eingetroffen, eine Frau und drei Kinder und alle fünf nahmen nun Deutschunterricht, natürlich nur Einzelunterricht, auf Staatskosten. Ach ja, eine Haushaltshilfe für Grünwald wurde ebenfalls eingestellt. Allerdings waren es im Laufe der 4 Jahre, die Bakke in München war, allein 8 Mädchen, weil keine es länger als ein halbes Jahr bei Bakke ausgehalten hat. Man hatte wirklich den Eindruck, Kosten spielten keine Rolle mehr und irgendwie hatte ich das Gefühl, dass die Hektik, die Dune Bakke entfaltete, vielleicht mit einer Krankheit zusammenhing.

Dr. Lang geht

Plum kommt

Geschäftlich, also was die Förderung der blauländischen Exporte anbetrifft, war damals nicht viel los. Dazu hätte wirklich auch die Zeit nicht gereicht. Das neue Generalkonsulat in Schwabing verfügte über 8 Büroräume. Zunächst ein Riesenraum für den Chef, durch eine Faltwand getrennt, von einer ebenfalls großen Bibliothek. Dann ein großer Raum für den Konsul, weiterhin folgten 4 Zimmer in Reihe, eine Abstellkammer, ein weiteres Zimmer, eine kleine Küche, ein Damen-WC und ein Herren-WC. Außerhalb dieses Bereiches, abgetrennt durch eine Schleuse, wieder mit Sicherheitstüre, ein Raum für Besucher und Visumkunden.

Nun hatte Dune Bakke viel Platz für weiteres Personal. Durch eine geschickte Aufteilung könnte man hier gut 15 Mitarbeiter unterbringen, meinte er einmal. Und die Leute kamen mehr oder weniger auch. Ein Exportassistent, drei Praktikanten, ein Mitarbeiter für Kultur, eine Konsularmitarbeiterin, eine Lokalangestellte, ein Technologieattaché, ein Chauffeur, eine Putzfrau, sodass wir mit Dune Bakke, Gerd Jawoll und mir, insgesamt 13 Personen waren.

Es gab jedoch einen ununterbrochenen Wechsel und manchmal sah man bald monatlich neue Gesichter. So hatte Susa Truup bereits vorher das Handtuch geworfen. Erstens konnte sie Dune Bakke nicht ausstehen. Sie verglich ihn mit einem Kind im Sandkasten, dem man ein

Spielzeug reinwirft und das damit viel Staub aufwirbelt. Bis das nächste Spielzeug kommt, das alte weggeworfen wird und wieder Sand aufgewirbelt wird. Und so weiter.

Ähnlich war es ja wirklich mit den Projekten. Es wurden immer große Projekte gestartet, die nie zu Ende geführt wurden. Eine seiner glorreichen Ideen war zum Beispiel, dass bayerische Firmen aus dem Mittelstand, zusammen mit blauländischen Firmen, nach dem Mauerfall, den Osten erschließen sollten. Warum gerade mittelständische Firmen und mit blauländischen Firmen, war mir völlig unverständlich. Aber er hatte einen Kontakt zum Verband der mittelständischen Brauereien in Nordbayern und das war vielleicht der Ausgangspunkt für seine zündende Idee.

Bald wurde auch ein zweites Büro, mit etwa 150 qm, unterhalb im dritten Stock angemietet, um es an blauländische Firmen tageweise zu vermieten. Leider kamen diese Firmen aber nicht. Somit stand das teuere Büro leer

Susa wurde inzwischen die Begleiterin oder Freundin von Günter Sparbier, dem Wiesnwirt und durfte somit immer beim Wiesneinzug in der Kutsche mitfahren. Aber der Prominentenhimmel für Susa dauerte nicht ewig. Nachdem ihr Sparbier eine Boutique hinterm Platzl eingerichtet hatte, ging es nach einiger Zeit zu Ende und

Susa war verschwunden.

Zurück zu unserem großen Dune Bakke. Wie er außerhalb des Generalkonsulats ankam, zeigen zwei kleine Anekdoten.

Während eines Treffens im Exportklub, flüsterte mir der Generalsekretär des Clubs einmal zu: „Man sollte ihn in ein Land schicken, wo es einen Kaiser gibt, dann könnten beide Majestäten direkt miteinander verhandeln." Wau.

Susa Truup

In einem anderen Fall, hatte Bakke einmal dem Messechef geschrieben, dass es nicht angehe, dass die Herren Generalkonsuln bei den Messeeröffnungen nicht in der ersten Reihe plaziert wären, mit Kopien an alle Generalkonsuln. Daraufhin hat der wackere Generalkonsul Herr Voller, Herrn Bakke schriftlich gerügt und ihm undemokratisches Denken vorgeworfen. Zufälligerweise habe ich seinerzeit von meinem Kollegen Bach eine Kopie bekommen. Leider weiß ich nicht, ob dieser peinliche Vorfall auch dem blauländischen Außenministerium bekannt wurde. Aber Bakkes Freund, der Botschafter Plum, hätte ihn sicher gedeckt.

Und geschummelt wird auch

Neues wurde nun auch vom blauländischen Außenministerium eingeführt. In Zukunft sollten blauländische Firmen für die Beratung durch die Generalkonsulate bezahlen. Es wurde ein Stundensatz eingeführt und jede Dienstleistung für eine Firma sollte zeitmäßig kalkuliert werden und dann mit dem Stundensatz multipliziert werden. Alle Generalkonsulate sollten daran gemessen werden, wieviel sie im Jahr verdienen.

Bei der Zeitkalkulation ist natürlich unter den Generalkonsulaten eine große Konkurrenz ausgebrochen. Es wurden große Unterschiede in der Zeitkalkulation für ein und dieselbe Dienstleistung gefunden. Das irritierte natürlich auch die blauländischen Firmen, wenn sie z.B. für ein und dieselbe Leistung beim Generalkonsulat München ein Mehrfaches bezahlen sollten, als Düsseldorf verlangte.

Aber es ging noch weiter. Dune Bakke hatte auch keine Bedenken, eine Leistung, wie z.B. eine kleine Konkurrenzanalyse, für die eine Firma schon bezahlt hatte und die ihr eigentlich gehörte, auch anderen Firmen zu verkaufen. Oder man machte Kopien aus dem Hoppenstedt Handbuch über Großunternehmen und verkaufte sie als eigene Recherche und verlangte dafür z.B. 5 Stunden

Zeitaufwand. Eine weitere grandiose Idee: unser Chauffeur, der einigermaßen handwerklich geschickt war, sollte den blauländischen Firmen als technischer Berater zur Verfügung stehen und dafür natürlich auch bezahlt werden.

Das Generalkonsulat konnte natürlich mit seinen Einnahmen protzen. Man wundert sich aber, dass diese Manipulationen so lange gut gingen. Aber plötzlich gab es Unruhe in Blauland. Die Firmen hatten sich untereinander ausgetauscht und es wurde berichtet, dass die Firmen sich gegenseitig davor warnten, sich an das Generalkonsulat in München zu wenden, weil sie dort abkassiert würden. So weit war es gekommen.

Ich hatte auch den Eindruck, dass die mühsam aufgebauten Kontakte zu den Großfirmen, wie BMW, Siemens, MAN allmählich verblassten.

Es war ja auch so, dass die sogenannten Exportassistenten, relativ junge unerfahrene Leute unter dem Mäntelchen das Königlich Blauländischen Generalkonsulats auf die Manager losgelassen wurden. Und ein leitender Manager merkt doch sehr schnell, wer ihm da gegenübersitzt, zumal es ja auch oft an der deutschen Sprache haperte. Die jungen Leute wurden aber auch durch Dune Bakkes Hektik immer mehr verwirrt. Unser Exportassistent Mats

Dune Bakke's „technischer Berater"

Schlau fing nun an, an sich selber zu schreiben. So war ein Brief z.B. gerichtet an Fa. Knorr-Bremse, z.Hd. Herrn Mats Schlau... mit freundlichen Grüßen Mats Schlau.

Irgendwann merkte man auch im blauländischen Außenministerium, was in München vorging. Oder die Leute, die ihre schützende Hand über Bakke gehalten hatten, waren in ein anderes Land versetzt worden. Ich hatte mich jedenfalls gewundert, dass es so lange dauerte. Aber nach knapp vier Jahren wurde Dune Bakke zurückgerufen. Natürlich nicht ohne vorher für sich und seine Familie auf Staatskosten blauländische Sprachkurse zu belegen, um sich an die Landessprache wieder zu gewöhnen.

Für Dune Bakke war aber seinerzeit kein Posten im Außenministerium frei. Er verließ offiziell mit einer „Auszeit" das Ministerium und startete in der Hauptstadt bei einem Spediteursverband, natürlich in leitender Stelle, eine neue Karriere. Wie ich erfuhr, hatte er sich dort in kürzester Zeit ein Riesenbüro im obersten Stock eines Hochhauses eingerichtet.

Dune Bakke geht

Es war schon schlimm, mit anzusehen, wie die mit Mole und Paul mühsam aufgebauten Wirtschaftskontakte in der Zeit von Dune Bakke mehr oder weniger zerfielen. Einem guten Rat war er sowieso nie zugänglich, er machte eigentlich immer das Gegenteil. Es ist schon verwunderlich dass Bakke erst nach vier Jahren zurückberufen wurde. Aber vielleicht hängt es damit zusammen, dass er , wie ein orientalischer Fürst, sich mit Mitarbeitern umgab, die ihm treu ergeben waren. Bei denen, wo dies nicht der Fall war, wurde ausgetauscht, so hatten wir in den vier Jahren bei den Konsularmitarbeiterinnen einen dreimaligen Wechsel. Bei mir war ein Austausch allerdings nicht möglich, denn ich war durch einen deutschen Vertrag abgesichert, sodass in meinem Falle eine sehr große Abfindung fällig geworden wäre.

Der Nachfolger tat mir jetzt schon leid. Er musste mühsam den angerichteten Scherbenhaufen zusammenkehren, um das zerbrochene Porzellan soweit wie möglich wieder zu kitten. Vor allem, was das verschwundene Vertrauen der blauländischen Firmen betraf.

Ein sportlicher Typ

Als Nachfolger von Dune Bakke kam Peter Sports, wie Paul wieder ein Nordblauländer. Er kam aus New York und war dort Handelsrat beim Generalkonsulat. Außerdem hatte er den Titel eines Ministerrates. Vielleicht doch ein kompetenter Mann, dachte ich mir. Dass er aus New York kam, fand ich auch positiv, weil ich im Laufe der Zeit besonders durch Dune Bakke den Eindruck gewonnen hatte, dass das Land, wo ein blauländischer Diplomat längere Zeit Dienst tut, ihn auch prägt.

Und so zeigte sich auch, dass Peter im Gegensatz zu dem orientalischen Bakke ein sehr sportlicher Typ war, der besonders auf Teamarbeit Wert legte. Überhaupt nicht aufgeblasen, sondern ruhig und fair zu den Mitarbeitern. Er hatte schon mehrere Freundschaftsspiele mit einem früheren Tennisstar gehabt und lief sehr gerne Schi. So war eigentlich München für ihn ein idealer Platz.

Seine Frau Julia war auch sehr sympathisch und hatte früher im Außenministerium in der Bibliothek gearbeitet und kannte von dort her wiederum Paul. Auch Peter hatte Paul schon im blauländischen Aussenministerium begrüßt. Als Beispiel für seine kollegiale Einstellung zu den Mitarbeitern, kann man anführen, dass Peter dreierlei einführte: erstens die Geburtstagsessen, zweitens die

Weihnachtsessen und drittens die jährlichen Einladungen bei ihm zu Haus in Grünwald.

Peter Sports kommt

Begrüßung Peter und Paul

Hatte ein Mitarbeiter Geburtstag, so traf man sich in der Bibliothek zu einem kleinen Imbiss mit Brot, Brezn, Wurst, Käse etc. Die Weihnachtsessen wurde jedes Jahr vor Weihnachten, der blauländischen Tradition entsprechend mit Liedern, viel Essen und Würfelspiel gefeiert. Und das jährliche Treffen bei Peter in Grünwald, immer so Mitte September, wo alle Mitarbeiter eingeladen waren und Julia ein wunderbares Buffet vorbereitet hatte. Der sportlichen Tradition entsprechend, wurde es immer mit einem Ballspiel beendet.

Dies alles hatte eine sehr positive Auswirkung auf die Motivation der Mitarbeiter. Man kann sagen, es gab einen richtigen Motivationsschub. Damit hatte Peter eigentlich schon sein erstes Ziel erreicht. Nämlich, intern wieder für mehr Ruhe und Teamgeist zu sorgen. Hinzu kam, dass einige Mitarbeiter ausgetauscht wurden. Besonders ein Mädchen, dass sich unter Dune Bakke als Souschef aufgespielt hatte und die Arbeit im Büro für Bakke verteilte. Auch Mats Schlau und seine Mannschaft verschwanden und es kam als Exportassistent John Glubb und als Technologieattaché Rainer Tipning.

Rainer Tipning

Weiterhin stellte Peter als Konsulatsmitarbeiterin Annette Wanner, eine langjährige Mitarbeiterin des blauländischen Fremdenverkehrsamtes ein. Annette war ein guter Griff, denn sie war sowohl in deutsch als auch in blauländisch perfekt und kannte München und Bayern durch ihre frühere Tätigkeit sehr gut. Außerdem war sie aktiv beim blauländischen Club, wodurch sie alle Blauländer in München kannte.

Peters zweites Ziel, das zerschlagene Porzellan in Blauland wieder zu kitten, wurde dadurch in Angriff genommen, dass er und John Glubb mehrmals im Jahr nach Blauland reisten, um möglichst viele blauländische Firmen zu besuchen. Allmählich gelang es, dass die blauländischen Firmen uns wieder ihr Vertrauen schenkten.

Vor allem in Verbindung mit dem dritten Ziel, die Kontakte zu den deutschen Großfirmen wieder herzustellen, war nun ich gefragt. Ich erinnerte mich z.B. an die alten Kontakte zum Einkaufschef von MAN und wir arrangierten ein Treffen bei MAN für Peter und mich, dessen Ergebnis es war, dass MAN eine Einkaufsreise nach Blauland unternahm, um mit etwa 15 Firmen zu sprechen und sie zu Angeboten an MAN aufzufordern. Solche Aktionen förderten natürlich wiederum das Vertrauen der blauländischen Industrie in das Generalkonsulat München.

Neue Aktivitäten, Wein, Lachs und Brezn

Ähnlich war es mit der Wiederbelebung der Kontakte zum Zentralverband der Handelsvertreter. Zum Präsidenten, zum Vizepräsidenten und zum Geschäftsführer hatten wir wieder ein gutes Verhältnis bekommen.

Da die Ziele des Außenministeriums für die Konsulate immer höher gesteckt wurden, reichte das aber nicht. So starteten wir eine große Rapportaktion, d.h. wir schrieben Rapports, z.B. über den Cateringmarkt in Bayern, die dann gegen eine Gebühr von ein paar hundert Euro den einschlägigen blauländischen Firmen angeboten wurden. Was Peter besonders freute, war mein Rapport über die Handelsvertreter, der nach dem Patentrapport vom Konsulat Los Angeles, zum Zweitweltbestseller aufrückte und dreimal neu aufgelegt wurde.

Peter hatte auch einen Kontakt zu Inge Diebold bei der Botschaft in Paris ausgebaut. Inge sollte in ganz Europa für Investitionen in Blauland akquirieren. So konnten wir in Bayern für Blauland Investoren suchen und wurden von Inge in Paris dafür bezahlt.

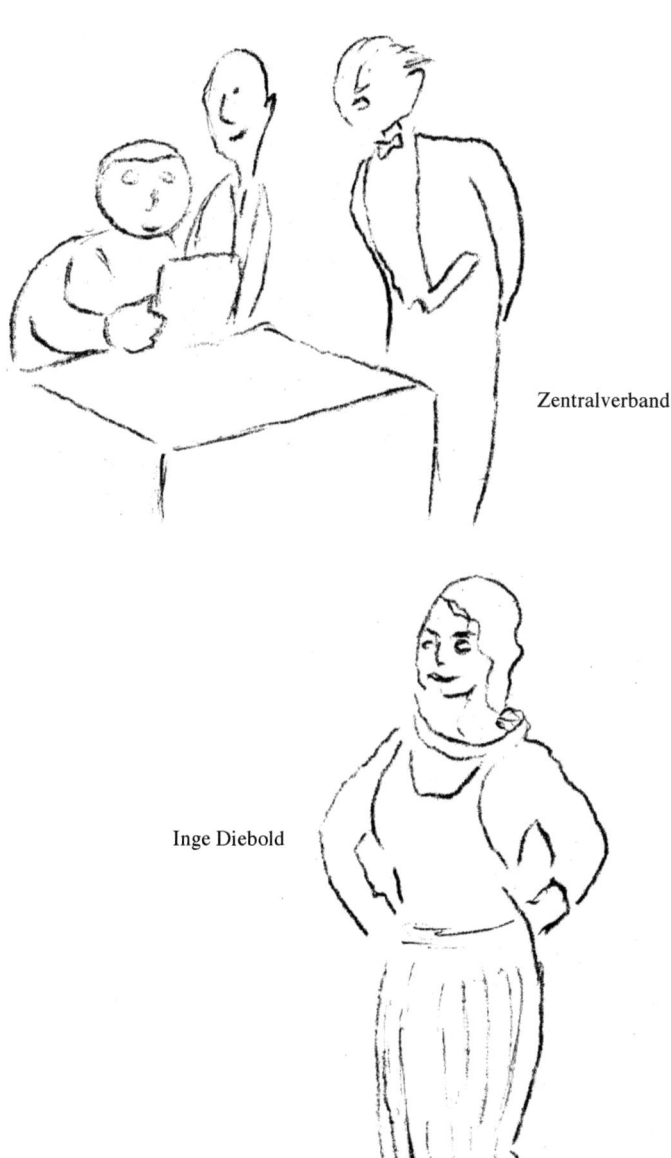

Zentralverband

Inge Diebold

Peter, John und ich waren ein gutes Team, nicht zuletzt, weil wir guten Bordeaux nicht verschmähten. Allerdings war John noch vor Peter hier einsame Spitze. Ich erinnere mich an eine Weinbestellung beim blauländischen Honorarkonsul in Bordeaux, der gleichzeitig Weinhändler war. Das ganze Konsulat war jeweils mit einigen Kisten an dieser Bestellung beteiligt, die allerdings dank John und Peter ein solches Volumen angenommen hatte, dass der Spediteur, der den Wein nach Grünwald transportieren sollte, sich nicht traute, den steilen Berg über die Isarbrücke zu fahren. Er rief ganz verzweifelt an und wir empfahlen ihm, über München nach Grünwald zu fahren. Die Menge Wein überraschte und ich dachte, die Jungs baden jetzt in Rotwein. Aber vielleicht wollten sie ihn hauptsächlich lagern, sozusagen als Geldanlage, Nachdem John meiner Frau einmal erzählte, dass er bei Freunden nach Rotweingenuss von Balkon gefallen war, wurde ich allerdings anderer Ansicht.

Ein größeres Problem als die Weinbestellung war der Weihnachtslachs. Alle Blauländer essen gerne Lachs, besonders zu Weihnachten. Und so bestellten alle Mitarbeiter rechtzeitig vor Weihnachten eine größere Menge geräucherten Lachs. Weihnachten kam näher, nur leider der Lachs nicht. Das Telefon zum Diplomateneinkauf Justesen lief heiss, allein der Lachs kam nicht. Justesen wußte nicht wo er war, er war rechtzeitig abgeschickt worden. Weihnachten war vorbei und so Mitte Januar kam die frohe Botschaft von Justesen: der Lachs ist wieder da. Durch ein Versehen des Spediteurs war er allerdings schon zweimal um die Welt gereist. Einige Kollegen haben abbestellt, aber den meisten hat der Lachs trotzdem noch geschmeckt.

Die Beschaffung des Weihnachtslachses wurde einfacher, als Lotta Reis als Nachfolgerin von John Glubb kam. Ihr Vater hatte nämlich eine große Lachsfarm in Südblauland. Jetzt kam der Lachs immer prompt zu Weihnachten, meistens von Lotta selbst transportiert oder von ihrem Freund Steven und der Lachs war natürlich zum Freundschaftspreis. Im Urlaub reisten die beiden öfters in die Emirate, um –wie Steven spöttischerweise bemerkte- Lotta an einen Scheich zu verkaufen. Er kam aber immer wieder mit Lotta und ohne Kamele zurück.

Unser Technologieattachee hieß, wie erwähnt, Rainer Tipning. Für uns nur Rainer, weil wir uns alle duzten. Seine Frau hieß Emmilia und sein kleiner Sohn Pele. Rainer hatte eine Besonderheit, er lief immer in Socken im Konsulat herum, was ihn auch nicht störte, als einmal der Botschafter zu Besuch kam und er ihn in Socken begrüßte.

Lotta Reis

Steven

Emilie Tipning

Pele

Ansonsten war Rainer mehr der Wissenschaftlertyp. Sein Büro war so vollgestopft mit wissenschaftlichen Zeitschriften, Büchern und Newslettern, dass man ihn kaum noch sehen konnte, wenn er hinter seinem Computer saß. Nur er wußte, wo alles war. Suchte man z.B. einen Artikel aus einer drei Monate alten Elektronikzeitschrift, ein Handgriff von Rainer und da war der Artikel. Wir brauchten solche Artikel neuerdings, weil wir anfingen, redaktionelle Beiträge für die Zeitschrift des blauländischen Außenministeriums zu schreiben. Diese Zeitschrift war von den blauländischen Industriefirmen abonniert und obwohl wir für die Beiträge vom Außenministerium nicht bezahlt wurden, hat es uns geholfen, wenn die Firmen einen interessanten Beitrag vom Generalkonsulat München sahen.

So ging es sowohl geschäftlich als auch privat im Generalkonsulat gut. Nicht zuletzt wurde ich Peters täglicher Breznbeschaffer. Er hatte einmal bemerkt, dass ich mir mittags immer eine Brezn holte und diese etwas spartanische Mahlzeit hatte ihm offenbar so zugesagt, dass ich ab sofort für ihn auch immer eine Brezn mitbringen musste. Auch Rainer und andere Kollegen beteiligten sich gelegentlich daran, sodass ich manchmal mit 5 Brezn anrückte. Der Nachteil war, Peter bezahlte immer nur mit 5-, 2- oder 1- Pfennigstücken. Er besaß offenbar Unmengen von diesem Kleingeld. Und so hatte ich nach einiger Zeit immer ein volles Weißbierglas mit Kleingeld. Unsere Putzfrau kam mir jedoch zu Hilfe, sie zählte das

Kleingeld ab, rollte es zusammen und tauschte es bei der Bank um.

Einmal, als ich mit den Brezn zurückkam, stand ein dunkelhäutiger, kleiner Mann vor der Tür. Ich nahm ihn mit herein und zeigte ihm vor der Schleuse das Zimmer für die Visumkunden. Visum hier bitte, sagte ich. Er fuhr fast aus der Haut. „Ich bin Blauländer, ich bin Blauländer", schrie er und wäre fast auf mich losgegangen, weil ich ihn nicht als Blauländer erkannt hatte. Nachdem ich gemerkt hatte, dass er flüssig blauländisch sprach, allerdings mit einem etwas merkwürdigen Akzent, nahm ich ihn mit in mein Büro und es zeigte sich, dass er die blauländische Staatsbürgerschaft erworben hatte und eine Firma besaß, die Handbälle herstellte und bei der ISPO ausstellte. Später allerdings hatten wir herausgefunden, dass die Handbälle in Pakistan von Kindern produziert wurden und dann als blauländische Produkte an die deutschen Handballherren und –damen verkauft wurden. Ein Rauschen ging durch den blauländischen Blätterwald, nach dem Motto „blauländische Firmen und Kinderarbeit in Pakistan".

Bei Peter hatte ich wieder mehr Gelegenheit, an wichtigen Empfängen teilzunehmen. So ist mir die Eröffnung der neuen Messe München wegen Kardinal Wetter in bester Erinnerung. Zur Eröffnung der neuen Messe wurde eine Riesenmultimediashow vor einigen hundert Gästen abgezogen. Anschließend sprach der EU-Präsident

Romano Prodi und anschließend Kardinal Wetter. Als er über die neue Messe in Verbindung mit der katholischen Messe sprach, ein nicht ganz geglücktes Wortspiel, schaute mich mein Nachbar, der französische Handelsattaché ganz groß an. Ich verstand, es war für ihn als Franzose, bei deren strikter Trennung zwischen Kirche und Staat, undenkbar, dass ein Geistlicher einer Messeveranstaltung seinen Segen gab.

Mein Versuch, mit dem französischen Generalkonsul auf Französisch zu parlieren, ist allerdings total fehlgeschlagen. Während unserer Unterhaltung schaute er mich etwas merkwürdig an und mir wurde bewusst, dass ich blauländisch und französisch vermischt hatte.

Neue Kollegen und eine Beförderung

Wiederum gab es Personalwechsel im Generalkonsulat. Unsere beliebte Konsulin, Anne Good, die ehemalige Nachfolgerin von Gerd Jawoll, wurde nun von Ingrid Volk abgelöst. Auf die Exportassistentin Lotta, folgte nun Jim Plattberg, der bei uns bereits einmal als Praktikant gearbeitet hatte. Auch der Technologieattachee Rainer musste mit seiner Frau Emilia und Pele zurück nach Blauland und als neuer Technologieattachee kam Jo Sperling, kurz Jo genannt mit seiner Freundin Thea und seinem Hund Spot.

Auch neue Praktikanten erschienen. Das waren zum Teil junge blauländische Studenten, die für ein halbes oder ein Jahr in der Handelsabteilung eines Generalkonsulats für ziemlich wenig Geld arbeiten wollten, um Erfahrungen zu sammeln. Unter anderem kam nun auch Karla Schick, auf die ich später noch zurückkomme.

Doch auch Peter, der im letzten Jahr noch Doyen geworden war, musste langsam wieder nach Hause. Aber vorher hatte er mich noch zum blauländischen Vizekonsul ernannt. Das empfand ich als eine große Ehre, denn ein Deutscher kann eigentlich nur blauländischer Honorarkonsul werden, aber nicht Konsul oder Vizekonsul. Für diese Ernennung hatte Peter in seiner Residenz sogar eine kleine Feier mit allen Mitarbeitern arrangiert, Ich habe mir natürlich voller Stolz, sofort neue Visitenkarten drucken lassen. Und auch im offiziellen Personalhandbuch des blauländischen Außenministeriums wurde ich ab sofort nicht mehr als Handelsmitarbeiter, sondern als Vizekonsul geführt.

Jo Sperling

Spot

Leider mussten nun Peter und Julia, mit ihrem ebenfalls sehr sportlichen Sohn Mike, sein anderer Sohn Freddy studierte ja noch in Blauland, München verlassen. Er wurde in die neue blauländische Botschaft in Berlin als Handelsrat versetzt. Da er auch wassersportbegeistert war und Berlin viel Wasser hat, hat er sich dort schnell eingelebt.

Er machte sogar den deutschen Motorsport-Binnenschiffahrts-Führerschein und amüsierte sich oft über diesen für Blauländer wahren Zungenbrecher. Manchmal nannte er ihn auch Sportbootführerscheinbinnenmotor. Auch über andere deutsche Wortungetüme, wie z.B. unsere Dunstabzugshaube in der Küche, konnten sich Peter und die Blauländer, die ja eine sehr unkomplizierte Sprache haben, immer amüsieren. Wir haben uns manchmal getroffen und Weihnachten immer geschrieben und ich bemühte mich, ihm immer ein neues Wortungetüm aufzutischen. Das bisher letzte: Bundesverkehrswegeplanungsbeschleunigungsgesetz.

Dicky, Jo und die Sofi

Nun kam also die Sonnenfinsternis und Peters Nachfolger Dicky Schlemm. Nein ich will nicht unfair sein. Die Sonnenfinsternis hat mit Dicky nichts zu tun. Dicky kam ja fast ein Jahr vor der Sonnenfinsternis, im Herbst 1998 nach München. Er brachte seine Frau Lya, einen Hund und einen Volvo mit. Julia hatte mir vorher erzählt, dass Lya die Schwester des grossen Dune Bakke sei, aber, so sagte sie mir tröstend : „ die beiden können sich nicht ausstehen".

Dicky kam von der Botschaft in Paris . Deshalb sprach er auch – erstaunlich für einen Blauländer – recht gut Französisch und war auch sonst dem guten Essen nicht abgeneigt. Also nichts mehr mit unseren spartanischen Mittagsbrezn. Aber bevor Dicky selbst eintraf, kam eine Riesensendung von Justesen, Dickys erste Bestellung. Die Kisten wurden erst in Annettes Büro zwischengelagert. Als wir die Unmengen von Kisten, die Annettes Zimmer von etwa 4 x4 Metern fast ausfüllten, sahen, wunderten wir uns alle: wie können zwei Personen dies alles wegrauchen, wegessen und wegtrinken. Aber Dicky und Lya sollten ja auch Gäste haben, denn eine Residenz ist ja nicht nur zum wohnen da, sondern auch zum repräsentieren. Und auch wir Mitarbeiter waren sogar einmal eingeladen.

Dicky Schlemm

Unser neuer Technologieattaché, Jo, wohnte mit Thea ebenfalls in Grünwald. Sie hatten ihren weißen Terrier Spot genannt. Eines Tages wunderte sich Jo, als er mit Spot spazieren ging, dass er von zwei Einheimischen mit Grüß Gott gegrüßt wurde. Die Erklärung war einfach. Er hatte den Hund gerufen, Spot, als gerade die zwei Bayern vorbeigingen. Die hatten natürlich die bayerische Kurzform von Grüß Gott, s´good, verstanden und haben zurückgegrüßt. So machte sich Jo einen Spaß daraus, wenn Leute im bayerischen outfit daherkamen, rief er Spot.

Jo hatte auch den Vorteil, dass er mir, als er einmal bei uns zuhause meine Bilder sah, einige Bilder abkaufte, es war Traum am Tegernsee, Schlosskirche und Südtiroler Dorf. Bei Jos Temperament war dies allerdings ein Prozess, der sich fast ein halbes Jahr hinzog, obwohl er fast täglich davon sprach. Als der deal endlich perfekt war, dauerte es wieder einige Monate, bis Jo die Bilder gerahmt hatte. Aber er und Thea waren so zufrieden, dass er mir fast täglich erzählte, wie schön die Bilder wären. Das freut einen Maler natürlich, auch wenn ich bei dem vielen hin und her fast die Nerven verloren hätte.

Dicky, der gerne in seinem Büro hinter dem Computer saß, trug wesentlich dazu bei, dass unser Konsulat, sowohl untereinander, als auch mit dem Außenministerium mehr und mehr vernetzt wurde. Dies betraf nicht nur die Handelsabteilung, sondern die gesamte Administration.

Und wir alten Mitarbeiter hatten unsere liebe Not mit den neuen Techniken. So blieb es nicht aus, dass wir oft auf die Hilfe der jungen Praktikanten angewiesen waren. So brauchte ich einmal für Inge Diebold in Paris dringend Informationen, die auf Dickys Computer gespeichert waren. Dicky war aber nicht da. Was tun? Ich hatte auch Dickys Passwort nicht und wendete mich an Micha, einen unserer computermässig gewieften Praktikanten. „Kein Problem" sagte er, „ich komme auch ohne Passwort rein, ich tue einfach gegenüber dem Computer so, als wäre ich Dicky". Und so kam es, dass wir "gezwungenermassen" in Dickys Computer einbrachen. „Um Gottes willen", sagte Micha, „was hat der hier für einen Verhau". Als wir die benötigten Informationen ausgedruckt hatten, verließen wir aber schnell wieder Dickys Büro. Wir erzählten ihm natürlich nichts davon. Er wäre explodiert.

Micha hatte aber auch sonst großes Glück. Nach einem Wiesnbesuch merkte er erst in Mittersendling, dass er in der falschen S-Bahn stadtauswärts fuhr. Er sprang raus und da er sich nicht auskannte, latschte er über die Gleise. Wer die großen Gleisanlagen und den dortigen Zugverkehr kennt, weiß, dass Micha großes Glück hatte, nicht überfahren zu werden, zudem er ja viele Maß Bier intus hatte.

Was die Computer anbetrifft, so war auch das Mädchen, das neben mir saß, die Praktikantin Karla Schick, eine große Hilfe. Karla war so, wie man sich eine typische Blauländerin vorstellt. Und wenn sie lachte, meckerte sie wie eine Ziege und das tat sie oft am Tag. Ich hatte mich so an das Meckern gewöhnt, dass ich es direkt vermisste, wenn sie einmal weg war.

Sie war mit einem jungen Filmregisseur befreundet, Thomann oder ähnlich hieß er. Als der einmal den bayerischen Jugendfilmpreis bekam, stand in der Süddeutschen Zeitung , eine Blondine hat sich auf den Preisträger geworfen. Das war Karla. Als die Sache mit dem Filmregisseur zu Ende ging, fand sie Trost bei ihrer englischen Freundin Molly und telefonierte mehrmals täglich mit ihr, um ihr immer wieder zu sagen: „ach Molly, es ist ja so traurig." Langsam erholte sich Karla doch wieder und fing auch wieder an zu meckern.

Dann kam Sofi, am 11.8.1999, mittags, standen wir alle auf unserem großen Balkon , mit Blick nach Süden. Auch auf allen anderen Balkonen der umliegenden Häuser klebten Menschentrauben, um das große Ereignis zu sehen. Unvorstellbar, mittags wurde es plötzlich dunkel, die Strassenbeleuchtung und die Lichter der Autos und Strassenbahnen gingen an. Es war plötzlich Nacht geworden. Es wurde viel fotografiert und ich habe auch ein paar Aufnahmen gemacht, die ich heute noch habe.

Langsam wurde es wieder heller und wir holten den vorher kaltgestellten Schnaps und das Bier heraus und feierten die aufgehende Sonne.

Kurz darauf kam mein Rentenbescheid. Es wurde für mich eine hübsche Abschiedsfeier arrangiert und dann war ich plötzlich Rentner.

Karla Schick

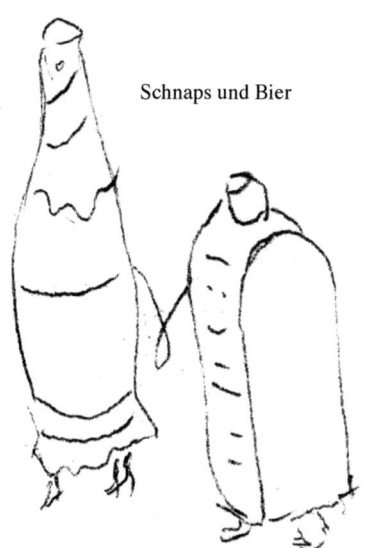

Schnaps und Bier